風が吹くのを待つんだよ

三畳間ギャラリーへ、ようこそ

文・絵　にしむら えいじ

道友社

風が吹くのを待つんだよ

三畳間ギャラリー。近所の子どもたちの〝たまり場〟でもある

まえがき

一九九九年の一月から始まった『人間いきいき通信』（天理時報特別号）での連載も今年で十年目となりました。

ぼくが結婚したのは一九九八年の九月なので、この連載は、ぼくの結婚生活とともに歩んできた生活の一部みたいなものです。その間に子どもを三人授かりましたし、大きな病気もしたし、いろんな人との出会いや関《かか》わりがありました。これまで連載してきた作品を見ると、「これを描いたときはこんなことがあったなぁ」「このときはこんなことで悩んでいたなぁ」と、どれを見てもその当時のことをはっきり思い出します。

本来、ぼくは文章を書くのは苦手です。小学生のときから作文でほめられたことは一度もありません。なぜ苦手なのかというと、自分のことや自分の気持ちをありのままに書くのが恥ずかしいのです。子どものころから自分のことを話すのも苦手でした。ですから、原稿を依頼されても、初めはなかなか筆が進まなかったのですが、書いていくうちにだんだん慣れて、書くことが面白くなってきました。でも、原稿を書き上げたとき、締め切り予定日を四カ月も過ぎていました。なんとか書き上げた原稿でしたが、それでもまだ、どこかに恥ずかしさがあったのでしょう。編集部の方から「もっと身近な話を書いてください」と頼まれてしまいました。そこでやっと、「せっかく出してもらうんだから、恥ずかしがらないで読む人に楽しんでもらえるものを書こう！」と開き直ったのです。

ぼくの下手な文章を、なんとか読みやすく面白い文章にしようと努力してくださった、道友社の欅源三郎《けやきげんざぶろう》さん、ぼくの作品を引き立たてるデザインを考えてくださった森本誠《もりもとまこと》さん、そして、この本に関わってくださった多くの皆さんに感謝します。とてもいい本ができました。ぜひ、たくさんの人に読んでもらいたいです。そして、いまから読まれる人はどうぞ楽しんでください。

でも、もしぼくに会っても、本の感想は言わないでください。「この人はぼくのあんなこと、こんなことを知っているんだ」と思うと、恥ずかしくてしゃべれなくなってしまいますので。

二〇〇八年　春

にしむら　えいじ

【目　次】

装丁／森本誠

本書は、月刊紙『人間いきいき通信』（天理時報特別号）に一九九九年一月号から連載された作品（文・イラスト）に、書き下ろしエッセーを加えて構成したものです。

第1章

右手をケガして

これはひどいなぁ

ぼくは右手に障害があります。二十五歳のとき、仕事中の事故でケガをしたのです。当時、ぼくは印刷関係の仕事に就いていたのですが、直径一メートルほどの大きなローラーを拭《ふ》いていたとき、誤って右手を巻き込まれてしまいました。非常ブザーが鳴り機械は緊急停止です。職場のみんなが、急いでそのローラーを外してくれたのですが、回転中のローラーに巻き込まれてしまったので、手の皮膚が手袋のように剥《む》け、骨や筋がむき出しになっていました。しかも、指の骨のほとんどがローラーで潰《つぶ》されていました。でも、そのときぼくは、むき出しになった骨や筋を見て、

「ああ、人体解剖図鑑に載っているのと同じだなぁ」と冷静に見ていたのをよく覚えています。でも、周りの人たちの様子や、どうやって救急車に乗ったのかなどよく覚えていません。

病院に着くと、ケガの具合を見た医師が、にこやかにぼくを見ながら「これはひどいなぁ」と言いました。それでぼくも思わず「そうですねぇ」と他人事《ひとごと》のように答えてしまいました。

手術は夕方から始まりました。ぼくが想像していた手術は、テレビ番組によくある「ドキュメント――救急病院二十四時」のような、緊迫感あふれるイメージでした。でも実際は、音楽を流しながらのリラックスした雰囲気のなかで、医師と看護師が最近買ったCDの話などをしているので、ちゃんとやってくれるのだろうかと不安になったほどです。それでも、顕微鏡みたいなものをのぞきながら、筋や血管を縫う作業はまさに「救急病院二十四時」

でした。終わったのは明け方で、ほぼ十二時間に及ぶ手術でした。たしか三人の医師が交代されていたと思います。

病室に戻り「やっと終わった」とホッとしました。でも、しばらくして担当の医師が病室に来《こ》られ、「とにかく元には戻したが、血管が潰れていたり、血管の中に印刷のゴミが入っていたりしたので、どこまで回復するかは経過を見ないと分からない。最悪の場合、すべての指を切断することになるかもしれない」と言われました。

痛めてでも

手術さえすれば、また元の状態に戻ると思っていたぼくは、どこまで回復するか分からないという担当医の説明を聞いて、初めてケガの大きさに気づかされました。右手を少しでも良い状態で残すには、毛細血管にも血がゆき渡るよう、できるだけ手を上下に動かし血流を良くしてくださいと言われました。

それからは、食事や点滴のときはもちろん、寝る間も惜しんで手を動かしていました。手はグローブのように腫《は》れ上がっていましたが、数日経《た》っても血色は良かったので、大丈夫かなと少し安心していました。でも、腫れがひき始めたころから、急に指の先が黒く壊死《えし》してきたのです。毎朝、目が覚めるごとにだんだん壊死していく指を見るのは、本当に不安でした。そういえばそのころ、ケガをしたのは夢だった、という夢をよく見ました。

壊死は、親指と人差し指と薬指のそれぞれ半分ぐらいで止まりましたが、担当医からは、二回目の手術で壊死した三本の指を切断するという説明を受けました。病室へ戻り、中指と小指しかない右手を想像したぼくは、「そんなのはもう手じゃない」と泣いてしまったのです。その様子を見ていた母親が、もう一度担当医を呼んでくれたので、ぼくは「なんとか指を残してほしい」と頼みました。担当医は「指はできるだけ残すように努力するので、西村さんも頑張ってください」と励ましてくれました。

約束通り医師は、完全に壊死した部分だけを切断し、指を半分以上残してくれました。本当は壊死した部分より多めに切らないと、切ったところがまた壊死していく可能性もあったので、リスクのある手術だったそうですが、その後、壊死することもなく指を五本残すことができました。

二回目の手術が終わり、とにかく指が残ったことで気持ちに少しゆとりが出てきました。するとだんだん、自分はどうしてこんなケガをしたのか、つまり「身上《みじょう》」（体のこと、または病気など体に現れる苦しみのこと）について考えるようになったのです。

ぼくは家族に病院へ『おふでさき』と『稿本天理教教祖伝逸話篇』を持って来てもらいました。そして、あらためて真剣にそれらを読みました。これから生きていくうえでの心の拠《よ》り所《どころ》がほしかったのです。そのとき心に残ったのが、逸話篇「一一　神が引き寄せた」の「おまえは、神に深きいんねんあるを以《もっ》て、神が引き寄せたのである程に……」という教祖《おやさま》のお言葉と、「三六　定めた心」の「……用に使わねばならんという道具は、痛めてでも引き寄せる……」というお言葉でした。それらを読んで、まだ何かは分からないけれど、自分は神さまに必要とされているのではないかと思いました。いや、そう思うことにしたのです。

ケガの意味？

手術後しばらくして、ぼくは左手で字を書く練習を始めました。そんなぼくを見て看護師さんたちは、前向きだとか頑張っているとほめてくれたのですが、本当は右手がどうなるか分からない不安を紛らすためにやっていたのだと思います。

初めは自分の名前や住所を書いていました。まずは手術の承諾書ぐらい自分でサインできるようになろうと練習を始めたのですが、数行書いてすぐに面倒くさくなってやめてしまいました。そこで、家から持って来てもらった短編小説を書き写すことにしました。その小説は星新一《ほししんいち》（小説家、ＳＦ作家、一九二六―一九九七年）

の作品だったのですが、彼の文体は好きだったので飽きることなく書き続けることができました。

一カ月近くが過ぎたころ、日記を書くことを思い立ちました。入院したのが十二月初めだったので、新年を迎え新たな気持ちでやっていこうと思ったからです。日記といっても、その日、心に残ったことを簡単に一行書くだけでしたが、十数日書いただけで、また面倒くさくなってやめてしまいました。どうもぼくは立派な目標を立てると続かないようです。でも、寝る前にその日にあったことや、思ったことを短い言葉で書き記すという作業が、詩を書くことにつながっていったのです。

詩を読むのはケガをする前から好きでした。特に辛《つら》いことも嬉《うれ》しいことも優しい言葉で表現する八木重吉《やぎじゅうきち》（詩人、一八九八―一九二七年）の詩が大好きで、いまでも読むと心を打たれます。日記に飽きたぼくは、今度は詩を書いてみようと思ったのです。そのころのメモ帳に、当時の気持ちをよく表している詩があります。

白い時間がただのっぺり　ながれている
そのむこうに行けるのは　右手だけだ
その手はなにかをつかんだ
だが　それをひきよせることはできない
ぼく自身がよって行かないと
なにをつかんだのかわからないのだ

点滴と食事の繰り返しの入院生活で、何もできない焦りを感じながら、ケガをした意味が何かあるはずだと、ひたすら詩を書いていたのを思い出します。

三つの楽しみ

大ケガをしたといっても、右手以外は何ともないのですから、入院生活はとても退屈でした。朝食後に点滴、昼食後にリハビリ、夕食前にまた点滴といった毎日で、楽しみといえば三つぐらいしかありませんでした。それは、かわいい看護師さんとしゃべること、こっそり近くのラーメン屋さんに行くこと、そして、誰《だれ》かが見舞いに来てくれることでした。

年末にケガをしたので年賀状にそのことを書いたこともあり、たくさんの人が見舞いに来てくれました。親戚《しんせき》や友人、知人だけでなく、人づてに聞いたといって、ほとんど交際のなかった人たちも来てくれました。

母親は毎日のように来てくれたし、父親や姉、弟も週に何度か来てくれました。だいたい同じ時間に来てくれるので、頼んだ本などを持って来てもらえる日は、特にその時間を待ち遠しく思いました。

小学生のときから親しくしていた友人たちは、退院するまでの半年間、ほぼ毎週来てくれました。たこ焼きなどを持って来てくれたり、一緒にラーメン屋へ行ったり、リハビリの間に、ぼくへの見舞いの品を勝手に食べていたりと、いろいろ楽しい思い出がありますが、エッチな本を持って来たときは、さすがに隠し場所に困りました。そのときは個室だったので、ユニットバスの天井裏に隠したのですが、いまでも残っているのかなと少し気になります。

家族や仲のいい友人が来てくれるのはもちろん嬉しいのですが、人づてに聞いて来てくれた人は、嬉しいというより感激でした。卒業してから何年も会っていなかった高校のクラスメートがふらっと来てくれたこともあったし、以前勤めていた会社の同僚や、年末年始の郵便配達のアルバイトで知り合った人たちが来てくれたこともありました。

それまでの自分は、仲のいい人以外とはそれほど親しくしようと思っていなかったし、職場でもそのときだけの付き合いだと思っていたので、そんな自分が情けなくなりました。来てくれた人たちには、いま思い出しても申し訳ない気持ちでいっぱいになります。

人はいつ誰の世話になるかもしれないということが、入院したことで身に染みて分かりました。また困ったときや辛いとき、人に優しくしてもらえることの嬉しさもよく分かりました。それからは、人とはできるだけ丁寧に接していこうと決めました。そして、見舞いに来てくれた人たちが困っているときは、すぐに駆けつけようとも思いました。でも、喉元《のど》過ぎればなんとやらで、最近は忙しさにかまけてちゃんとできていないなぁと、当時を思い出しながら反省しています。

左手で描く

作品展に来られた人に、右手をケガしたので左手で描いているという話をすると、左手でよく描けるようになりましたね、と感心されることが多いのですが、文字と違って絵はわりとすぐに描けるようになりました。むしろ、右手で描くより面白い線が表現できるので「これはいいかも」と思ったほどです。

ぼくが絵を描くのが好きになったのは小学校四年からです。当時の担任の先生がぼくに「西村くんはもっと絵がうまくなるはずだ」と、夏休みに毎日デッサンを描くという宿題を出されたのです。ちなみにデッサンとは、鉛筆や木炭などで描く絵のことで、絵画の基礎といわれるものです。

さすがに毎日絵を描くのは大変で、夏休みの半ばになると嫌々描いていました。でも先生は、提出したスケッチブックに「○○がよく描けていますね」とか「○○がうまくなりましたね」と、一枚一枚に丁寧にコメントを書いて返してくれたのです。それがとても嬉しかったのをよく覚えています。

それからは絵を描くのが好きになり、絵画教室にも通い始めました。そうしているうちにコンクールなどで何度か賞をもらうようになり、さらに絵を描くのが楽しくなっていきました。

小学生のときは将来画家になりたかったのですが、中学生のころはデザイナーになろうと思いました。横文字の仕事だからかっこいいというのもありました。それで工業高校のデザイン科に進み、広告デザインの会社に就職しました。しかし、他のデザイナーと比べて、自分には才能がないのではと悩むようになり、七年間勤めた会社を辞めてしまったのです。

それでも絵を描く仕事をしたいという思いは捨てきれず、約一年半、アルバイトをしながらいろんなコンクールにイラストを応募していました。それは、自らの才能を試してみたい気持ちと、あわよくばイラストレーターになれるかもしれないという淡い期待もあったのですが、思うような結果は得られませんでした。その揚げ句、半ば諦《あきら》めて就職した印刷会社でケガをしたのです。

ケガをして右手が使えなくなると分かったとき、何よりもまず思ったことは「また絵が描けるようになりたい」ということでした。それで左手で絵を描いてみたら、意外とうまく描けたので、これならまた絵が描けるなぁと嬉しくなりました。

絵を描き始めたのと同じころ、詩も書き始めました。それで、詩の挿し絵として描いていたのがだんだんと、いまの作風になっていったのです。

ケガをしたおかげで、やはり自分は絵を描くのが好きなんだとあらためて気づきました。いまでも才能のなさにガッカリすることはありますが、とにかく、「うまい絵」ではなく「いい絵」を描こうと思っています。

泣き言はいわない

入院中は七回手術をしたのですが、そのなかで一番大変だったのが、皮膚の移植手術でした。その手術は壊死した指の皮膚を剥《は》がしてお腹《なか》の皮膚の下に指を差し込むのです。その状態で一カ月をかけ、少しずつお腹の皮膚を指に巻きつけていくのです。指とお腹がくっついているため食べたものがお腹に入ってくるのが指に伝わってきたり、笑うと指がこそばゆくなったりして、頭のなかが混乱しそうな奇妙な感覚でした。おまけに右腕は、肩から下を完全にギプスで固定し、ほとんど身動きが取れなかったので、そのころが精神的に一番しんどかったです。夜中によく神経性の胃炎を起こして薬をもらっていました。そのうえ、ぼくの病室の前が談話室だったので、そこから楽しそうな話し声や笑い声が聞こえるたびにイライラして、「うるさい！」と本当に言いに行こうかと何度も思いました。

そんな一カ月を過ごしたのち、無事移植の手術も終えてケガの状態が安定すると、退院に向けてのリハビリが始まりました。何しろ一カ月間右腕を固定していたので、指はもちろん、手首や肘《ひじ》、肩などの関節の筋肉が固まり、ほとんど動かなくなっていました。その関節の一つひとつを少しずつ伸ばしていくのですが、その痛さが半端ではないのです。よく準備体操で足を開いて前屈したとき、内股《また》の筋肉が痛くなりますが、指は他の部分より神経が多いため、あれの何倍もの痛みがあります。我慢していても涙が出てしまうので、リハビリの先生に「これぐらいで泣くな、情けない」

と、よくからかわれたものです。

リハビリ室には三人の先生がおられたのですが、どなたも個性的で面白い先生でした。だからリハビリに行くのは楽しみだったし、リハビリの期間が長かったので先生たちとも親しくなりました。

ぼくが看護師さんの誰々がいいと言うと、「あいつは彼氏がおるぞ」とか「あの娘《こ》はやめとけ」とか、そんな話が多かったのですが、たまに悩みの相談をしたときは、真面目《まじめ》にアドバイスもしてくれました。

リハビリのおかげで八割方回復し、そろそろ退院が近づいてきたころ、リハビリの先生から「おまえ、看護師に絵とか詩とか描いて、あげてるんやろ？　ここ（リハビリ室）に飾るから、なんか描いて持って来てくれや」と言われました。

そのころ、ぼくは山本周五郎《やまもとしゅうごろう》（小説家、一九〇三―一九六七年）の本をよく読んでいたので、周五郎の名言集『泣き言はいわない』という言葉に、涙をこらえている男の子の絵を描いて持って行きました。そしたら「ええやないか、ここにぴったりや」と先生は喜んで飾ってくれました。

あの先生たちじゃなかったら、リハビリは続かなかったかもしれません。本当にいい先生たちでした。口は悪かったですけどね。

お客さん第一号

初めはリハビリのつもりで詩や絵を描いていたのですが、描くことがだんだんと面白くなってきたころから、先生や看護師さんたちもぼくに関心を持つようになってきました。

そんなある日、病室に来ていた看護師さんが、描きためた絵や詩を見て「これいいね」と、その中の一枚をすごく気に入ってくれました。「よかったら差しあげますよ」と言うと、喜んで持って行かれたのですが、その後、他の看護師さんたちに「描きためて残しておくのだと思っていたから、遠慮していたのに」と言われてしまいました。思ったことを好きなように描いていただけなので、それを欲しいと言ってもらえたのは嬉しいことでした。

それからは、欲しいという人にはどんどん絵をあげました。大部屋に移ってからは、同室の患者さんにもあげていました。そのうち、こんな絵を描いてほしいとか、誕生日だからお祝いにとか、いろいろな注文がくるようになって、ちょっとした〝流行作家〟気分でした。どんな詩や絵を描くかは寝る前に考え、朝起きるとすぐに描き始めるのが日課でした。そうして描いた絵を差しあげると、皆さんとても喜んでくれました。おかげで入院していることも忘れて楽しく過ごすことができました。

退院してからもリハビリに毎日通っていたので、その帰りに元の病室へよく行きました。するとその病室の患者さんで五十代ぐらいのおじさんが、もうすぐ退院するから何か描いてほしいと、ぼくに三千円を渡されたのです。ビックリして「ぼくみたいな素人が描く絵でお金をもらうことはできません」と断ったのですが、「あんたの絵はそれぐらいの価値があるから、タダでもらうわけにはいかないよ」と取り合ってくれません。

家へ帰り、さて何を描こうかと考えました。そのおじさんはしょっちゅう冗談を言ったり、看護師さんをからかったりしていたのですが、たまにすごく的を射たことを言われていました。ですから「本当はいい太刀（たち）を持っているのに、なかなか見せようとしないから質（たち）が悪い」という言葉に、太刀を隠しているおじさんの絵を描きました。さすがにいつも使っている画用紙とマジックというわけにはいかないので、和紙に墨で描いて絵の具で色を付けてみたのですが、その描き方が自分に合っているような気がして、それがそのままいまの作風になりました。それを木のパネルに張って渡したら、「ええの描いてくれたなぁ」

と本当に喜んでくれました。

こうしていま、詩や絵を描くことを仕事にさせてもらっていますが、そのおじさんがぼくの「お客さん第一号」というわけです。まだあの絵を飾ってくれているかな？

どんなに小さな目標だって、
さいごまでつづけることで
大きな自信になるんだよ。

こんなに大きなちきゅうの上に、
ぼくらはくらしているんだね。
ぼくの真下にいる人は
いまなにしているのかな。

そんなにあせらないで、
風が吹くまで待てばいいんだよ。
そして風が吹いたら、
思いきり走るんだ。

ごう華な料理も
いいけれど、
みんな笑顔で食事するのが
いちばんのごちそうだね。

夢や希望も、
温かい気持ちで
見守ってもらうと、
大きくふくらむんだよ。

お店に並んだ
たくさんのチョコも、
私がこうして手にしたとたん
特別なチョコにかわるんだ。

この山が楽だと
言えるのは、
この山より高い山を
知っているからなんだよ。

なにかを思いきって
やってみた時って、
たとえ失敗しても
思いきってやれたってことが
うれしいよね。

第2章

作品を通して

何でもやってみるもの

ほぼ半年の入院生活を終え、職場に復帰しました。しかし、ケガのためそれまでの現場に復帰することができないので、事務の仕事をすることになりました。でも、もともと人が足りているところにやむを得ず配属されたので、これといった仕事はありません。世にいう〝窓際〟です。

そんなとき、以前デザイン事務所に勤めていたころ親しくしていた人から電話がありました。その人は独立してデザインの仕事を始めたところでした。ぼくがケガをして入院していたことなどを話すとすごく驚かれましたが、いまはパソコンのマウスさえ使うことができれば、仕事はできるからと励ましてくれました。そして、一緒に仕事をしてみないかとも言ってくれたのです。とても嬉《うれ》しい誘いでしたが、収入の保証はないし、もしうまくいかなかったら……という不安もあり、かなり迷いました。でも、ケガをして半ば諦《あきら》めていたのが、こうしてまたデザインの仕事をしないかと誘ってもらえるのも神さまのお導きではないかと思い、もう一度挑戦してみようと決めました。

退職後はパソコンを買い揃《そろ》え、お店の地図の作成など簡単な作業を教えてもらいながら仕事を始めました。それと、もう一つ始めたことがありました。それは自分の個展を開く準備です。入院していたころ、ぼくの描いた絵でみんながあれほど喜んでくれたのが忘れられなく、もっとたくさんの人にも見てもらいたくなったのです。退院前に看護師長さんから「どこかで作品展をやってみたら」と言われたことも、その気持ちを後押ししてくれました。

ぼくのような素人が画廊を貸してもらえるのか心配でしたが、とにかく作品を数枚持って気に入った画廊に飛び込みました。そこは女性のオーナーさんでしたが、ぼくの絵を見ると「いいですよ」と気軽に言ってくれたのでホッとしました。何でもやってみるものだと思いました。

しかし、画廊を借りてはみたものの、何をどう準備すればいいのか分からないし、千枚作ったハガキの案内状も、友人やお世話になった看護師さんたちに渡したほかは、親や姉、弟が知人に配ってくれたぐらいで、ほとんど手元に残ってしまいました。それに、画廊に出品するというプレッシャーから、なかなか納得するものが描けず、こんな作品で大丈夫かなと不安を抱えたまま、個展の初日を迎えました。

次はいつやるの？

初めての個展は、予想外の反響でした。

個展前日に展示の準備をしていると、「ちょっと見せてもらってもいいですか？」と言って、まだ照明もついてない画廊に入って来た方が何人もおられたのです。そして初日、二日目と少しずつ入場者も増え、週末は画廊内がいっぱいになりました。準備中に入って来《こ》られた女性が友人と来てくれたり、平日の会社帰りに立ち寄った男性が週末、家族を連れて来てくれたりもしました。もちろん、友人や知人もたくさん来てくれました。いっぱいで入れず諦めて帰られた人たちもいたほどです。なかには人が大勢いるので、何をしているのか気になり入ってしまった人もいたかもしれませんが。

たくさんの人が見に来られたことはもちろんですが、何よりも、その人たちがじっくり作品を見てくれたことに感激しました。一つの作品をずっと見ている方もいれば、何度も回って見ておられる方もいたし、気に入った言葉を書き写す方もおられました。なかには一時間ぐらいかけてすべてを書き写す方もおられました。画廊内がいっぱいになったのも、そのように、入られた方がなかなか出ていかれなかったからです。ちなみに、すべてを書き写された方は年輩の女性だったのですが、さすがに疲れたと笑っておられました。

感想を聞かせてくれる方もたくさんおられました。でも皆さん、ぼくのことを画廊の人か、アルバイトの人だと思われたみたいで、

「どういう方が描いているのですか？」と、ほとんどの人に聞かれました。画廊を借りるほどだから、きっと立派な先生なんだろうと思われたのでしょう。ぼくが描いているんですと答えると、皆さん一様に驚かれます。

話しかけて来られた方は、作品のことより、最近こんなことがあったのだけど少し元気が出たとか、こういうことで迷っていたけどやってみようと決心したとか、友人が落ち込んでいるのでこう言ってあげることにした、といった自分の心配事や悩み事をよく話されました。そして皆さん、最後にこう聞いてこられました。

「次はいつやるの？」

親のおかげ

ぼくの実家は団地なのですが、そのベランダは足の踏み場もないほどに植木鉢であふれ、一年中、何かの花が咲き実がなっていました。いまでも、アンリ・ルソー（フランスの画家、一八四四—一九一〇年）の絵を見ると、実家のベランダを思い出します。

園芸好きの母は、それら植木鉢一つひとつを大切に育てていました。ぼくも最近、家の庭のカエデやサザンカを剪定《せんてい》するのが楽しくなったり、庭に自生しているドクダミを干してドクダミ茶を作ったりするようになってきたので、母に似てきたのかなぁと思うときがあります。

母はまた、手芸や裁縫も得意でした。子どもたちの学校の給食袋や手提げカバンなど、すべて母の手作りでした。小学校四年生ぐらいになると、ぼくはそれらが恥ずかしくなり、文句を言ったりもしましたが、母は「もったいない」と言ってなかなか買ってくれないので、それならばと、自分で生地やデザインを母に注文するようになりました。かっこよくいえばオーダーメードです。ぼくはボタン付けや、洋服やカバンのほつれ程度なら自分で直せるのですが、それは、小さいときから母の横でまねをして、ちょこちょこやっていたからだと思います。

ほかにも、パッチワークや紙粘土、切り紙、折り紙など、とにかく作ることの好きな母です。西陣織《にしじんおり》の帯を織る職人気質《かたぎ》の父の影響もあり、ぼくがいまこうして、創作することに楽しさを覚えるのは、親のおかげだと思います。

礼状が縁で

「奥さんとはどうやって知り合ったんですか？」とたまに聞かれることがあります。「ぼくが個展をしたときのお客さんだったんです」と答えると、ぼくが妻に声を掛けたと思われる人が多いのですが、いえいえとんでもない。

退院して初めての個展を開いたとき、妻は友人と京都に遊びに来ていました。たまたま画廊の前を通りかかり、面白そうだからと入ったそうです。ちょうどそのころ、妻のお兄さん夫婦に子どもが生まれる予定だったので、その出産のお祝いに絵を一枚注文してくれたのです。

個展が終わって、お客さんたちが注文してくれた絵を送ると、礼状を下さる方が何人かおられました。それで返事を書くと、一人だけまた手紙がきたのです。それが妻でした。

それから月に一、二度、手紙をやり取りするようになりました。そうしているうちに、妻が京都に遊びに来るというので、せっかくだから一度会いましょうということになりました。初めて会ったのは宇治《うじ》でした。平等院《びょうどういん》の庭を眺めながらたくさん話をしたのを覚えています。妻はそのとき初めてぼくのケガのことを知ったのですが、気にする様子もなく接してくれました。それから二年ほど付き合い結婚しました。縁とは何から始まるか分からないものです。

師匠？ 仲間？

ぼくがこうして、『人間いきいき通信』（天理時報特別号）のイラストや『さんさい』（少年会本部発行）の表紙など、教内の仕事をさせていただけるようになったのも、また、こうしてお道（天理教のこと）につながってきたのも、ある先生に出会えたおかげだと言っても過言ではありません。

ぼくが初めての個展を開いたとき、ぼくの叔父《おじ》さんが知人の教会長さんと一緒に見に来てくれました。叔父さんは、「この人は本多正昭《ほんだまさあき》さんといって、天理美術会の会員で道友社から絵本も出版されている方だ」と紹介してくれました。

とはいえ、そんな偉い先生が、ぼくのような素人の絵を見てもつまらないだろうなぁと思っていました。ですから、本多さんが帰り際に「今度、一緒に作品展をやってみないか?」と言ってくれたときも半信半疑でした。ところが、忘れかけていたころ、「夏に天理のギャラリーで作品展をするから、作品を出してほしい」と本多さんから連絡があったのです。

それからは毎回、本多さんの作品展に出品させてもらっています。ほかにも、大教会（西陣大教会）行事の看板を一緒に描いたり、「こどもおぢばがえり」の「みちの子作品展」会場の看板や装飾を一緒に考えたりと、事あるごとに声を掛けてもらっています。お付き合いをしてしばらくすると、ぼくだけでなく、本多さんがいろんな人に声を掛けておられるのが分かってきて、世話好きな方なんだなぁと感心しました。

ぼくが本多さんを慕っている一番の理由は、その人柄です。新しい作品や作風に挑戦されるときは、ぼくのような素人にも意見を求められます。謙虚というより、肩書や権威に無頓着な方なのです。それに、考えごとをしていて目的の場所を通り過ぎてしまったり、靴下のかかとが上になっていても気づかなかったり、左右違うサンダルを履《は》いて来られたりと、いかにも芸術家らしいエピソードをたくさんお持ちの方です。

しかも、お道に関しては広い視野と探求心を持っておられます。本多さんのおかげでぼくは「お道とは何か」「信仰とは何か」ということを真剣に考えるようになりました。

ぼくはそんな本多さんのことを「師匠」と勝手に公言しているのですが、本多さんはぼくのことを「仲間」だと思って接してくれるのです。いい先生に出会えたことを感謝しています。

ぼくも元気に

大教会に参拝すると、「いつも『天理時報特別号』見せてもらっているよ」とよく声を掛けていただきます。でも、あれは自分が書いたという実感があまりないので、申し訳ないような恥ずかしいような気持ちになり、あたふたしてしまいます。

実感がないというのは変な話だと思われるでしょうが、特別号のイラストや文章は、今月はこういう内容にしようと考えて書いているのではなく、何かきっかけになる言葉が頭に浮かんでくるのを待って、それを膨《ふく》らませたりまとめたりしているだけなのです。ですから、「どうやってあの文章を思いつくの？」と聞かれても、「とにかく待っているだけです」としか答えようがないのです。

特別号の連載のお話を頂くきっかけになったのは、道友社ギャラリーで本多正昭さんの作品展に一緒に出品していたぼくの作品を見て、道友社の編集部の方が関心を持たれたからでした。特別号は主に、未信者の方を対象に布教を目的として発行されているので、ぼくの文章やイラストなら、一般の人にも馴染《なじ》みやすいだろうと思われたそうです。ケガという身上を頂き、絵や詩を描くことにその意味を感じ始めていたころだったので、その連載のお話は神さまの後押しを受けたように感じました。

連載が始まると、教会で知らない人からも声を掛けてもらえるようになり、教会の行事にも足を運びやすくなりました。また、行事のポスターや会報の原稿を頼まれたり、少年会本部からも仕事の依頼がくるようになりました。

特別号の連載をさせていただくようになって、ぼくの世界は格段に広がりました。それに何より嬉しいのは、いままでたくさんの人たちから、特別号の作品を見て励まされたとか、元気が出たと言ってもらえたことです。ほめられるのは苦手ですが、そのような感想を頂くと、少しは人さまの役に立っているのだなぁと実感でき、ぼくも元気が出ます。

ほかにも特別号に関《かか》わる出来事はたくさんありますが、とても書き切れません。とにかく天理時報特別号は、ぼくにとっても〝特別〟なのです。

平成十六年の十一月ごろのこと、藤川《ふじかわ》さんという方がわが家へ訪ねて来られ、ラジオのパーソナリティーをやってみませんか、と言われました。そのラジオ局は「京都三条《さんじょう》ラジオカフェ」といって、NPO法人が収録スタジオと放送枠を提供していて、会員になってその枠を買えば、好きな番組を作って放送することができるのです。藤川さんはその会員で、すでに二本の番組を持っていましたが、また新たな番組を作りたいと考えていたのです。

そんなとき、たまたま入った喫茶店にぼくの作品（ハガキ）が置いてあり、それを見たとき、「この人にラジオをやってもらったら面白いかもしれない」と思ったそうです。それだけのきっかけで、わざわざ家を訪ねて来られた藤川さんの行動力に、ぼくは感服してしまいました。そこで、「話すのは苦手だけどやってみます」と、思いきって引き受けることにしたのです。

毎回詩を一編読むという条件だけを出され、あとは番組の企画も内容もすべて任されました。まず、番組名を「アカルイ☆ミライ」と名付けて、未来に希望が持てるような番組にしようと決めました。ちなみに、片仮名にしたのは、真面目《まじめ》過ぎず、柔らか過ぎず、それでいて少し尖《とが》った感じが気に入ったからです。

内容は、臨床心理士や画家、ライター、演奏家、サッカー選手、パン職人など、さまざまな職業の人たちをゲストに招いて、なぜその仕事を選んだのか、そこに至るまでにどんなことがあったのか、また、どんな子どもだったのかなど話してもらいました。皆さん、大変な苦労や努力をしながら、いまも夢に向かって頑張っておられる人ばかりでした。

深夜番組だったので、特に若い人たちには夢や希望を持ちつづけてほしいという思いで番組を担当させてもらいました。

ラジオ番組の企画と制作、そしてパーソナリティーという、とても楽しく貴重な経験を三年間させてもらいました。そして、やってみると自分が意外と話すのが好きなことに気づきました。そんな新たな一面を発見できたのも嬉しいことでした。

すべての出会いは

ぼくの家は天理教を信仰しているので、小さいころ、家族で教会によく参拝していたし、小学生のころは教会のお泊まり会にも参加していました。でも、中高生になるとだんだん足が遠のきました。

ところが、高校二年のときに顎《がく》関節炎と偏頭痛を併発し、病院に行ってもなかなか治らないので、親の勧めで別席を運ぶことにしたのです。すると、席を重ねるごとに症状も良くなっていきました。そこで心を振り返って改め、しばらくは教会に参拝していたのですが、就職してからは、忙しさにかまけてまた教会へ行かなくなってしまいました。

就職したデザイン会社では才能の無さに悩み、七年間勤めて辞めてしまいました。この先、何をすればいいのか分からず、また何もする気が起こらず、毎日テレビゲームばかりして過ごしていたら、親から修養科へ入ることを勧められました。別席を運んだときのことを思い出し、また何かが変わるかもしれないと修養科に入ることを決めました。

修養科での生活は、正直なところしんどかったのですが、三カ月が過ぎて家に帰るころには、気持ちも前向きになり、何でもやってみようと思えるようになっていました。

それからは再び教会に参拝するようになったのですが、またダんだんと足が遠のくようになってしまいました。

その後、右手をケガしてあらためて信仰に目覚めました。入院中に教会の方々が見舞いに来てくださったのと、初めての個展を開いたとき見に来てくださったことがきっかけで、また教会に足を運ぶようになりました。それまでぼくは、教会に参拝しなくても信仰はできると思っていたのです。でも、そうして何度も引き寄せられてきたので、これは神さまが手招きされているのだと気づいたのです。教会での行事や青年会活動にも参加するようになりました。

そしていまは、「自分に起こるすべてのこと、すべての出会いは神さまのお計らいなのだから、それらをどう受けとめ、どう心の成人につなげていくか」が信仰なんだと思っています。

春になれば
芽は出てくるんだから、
そんなにあせらないで
それまで待っていようよ。

原石は、削って磨くから
宝石になるんだ。
傷つかないようしまっていたら、
いつまでたっても
石のままだよ。

どんなに遠い場所だって、
いつかはたどり着くんだよ。
今いる所も始めは、
遠い場所だったんだから。

さくらは春がくるのを
ずっとまっていたんだね。
だからあんなに
うれしそうに咲くんだね。

たまにひとりになると
ほっとするけど、
ひとりがうれしく思えるのは、
本当はひとりじゃないからなんだ。

もう一度あのころの
気持ちにもどって、
がんばってみようかな。

期待で胸をいっぱいに
ふくらまして、
ぼくらも遠くまで
飛んでいこうよ。

もし途中で
降りたい駅が見つかったら、
降りてもいいよ。
急いで行く必要は
ないからね。

第3章

町家で暮らして

新居は築七十年

結婚が決まり、少しずつ準備を始めたころ、妻が雑誌の小さな切り抜きを出してきました。そこには、京都の西陣《にしじん》で町家と呼ばれる古い家がどんどん壊されていくので、それを何とか保存活用するため、空いている町家を店舗や創作活動の場として使ってもらおうと活動しているお寺の住職さんの話が紹介されていました。そのうえ、町家に興味のある人には情報の提供や仲介をしてくれるとも書かれていました。

妻は、ぼくと知り合う以前から京都が好きで、よく兵庫・宝塚《たからづか》から遊びに来ていたそうです。その記事を目にして以来、町家に住んでみたいとずっと思っていたそうで、この機会に住職さんを訪ねてみたいと言いました。ぼくもその記事を読んで、ギャラリーなどでは短期間しか作品を見てもらうことができないけど、自宅にギャラリーを作ればいつでも作品を見てもらえるので、いいかもしれないと思いました。それに、父の実家も西陣の古い町家で、子どものころから町家での生活に親しんでいたので、反対する理由はありませんでした。

早速、記事に載っていたお寺の住職さんに会いに行ったのですが、まずは自分たちの足で西陣を歩き、住んでみたいと思う空き家を見つけてくださいとのことでした。見つかったら近所の人に持ち主を聞き、持ち主と連絡を取り合って、貸してもいいと話がついたら、家主との仲介をしますよと言われました。

住職さんに会いさえすれば、空き家をいくつか紹介してもらえると思っていたので、これは大変だと思いましたが、とにかく歩いてみることにしました。でも、どの町家も古くて似たような感じだし、表札や家の前に植木鉢や自転車がなくても、倉庫などに使っている場合もあるので、どれが空き家かすぐには分かりません。そこで、住職さんに教えてもらった空き家の見つけ方は、電気メーターを見なさいということでした。電気メーターが止まっている家は空いている可能性が高いので、きょろきょろしながら歩き回り、空き家らしい家のメーターをのぞき込んでいました。やっと空き家を見つけて、近所の人に持ち主の連絡先を尋ねても、知らない人には教えられないと断られたこともあり、なかなか借してもらえる家は見つかりませんでした。

そうしているうちに、いよいよ結婚式も近づいてきたころ、住職さんから「知り合いの人の町家が空いているのだけど、見に来ませんか」と連絡があったのです。そこで早速、家主さんとお会いして家を見せてもらいました。築七十年のその町家は、窓や玄関はサッシになっていましたが、土間の台所、タイル張りの流し台、小さな縁側、二階の床の間など、ほとんどが建築当時のままでした。妻はその家の雰囲気がとても気に入りました。それに、玄関脇にギャラリーに使えそうな小部屋があったので、ぼくらはその家を借りることにしたのです。

ものづくりの町

ぼくの住んでいる西陣は、皆さんご存じの「西陣織」で有名なところです。路地を歩いていると、あちこちから機織《はたお》りのカッシャンカッシャンという音が聞こえてきて、いかにも職人さんの町らしい雰囲気があります。とともに、西陣はぼくたちにとって、とても住みやすい町だということも分かってきました。

当然のことですが、織物を作るのにはさまざまな工程が必要です。あまり詳しくはないのですが、図案を描いたり、糸を染めたり、金糸銀糸を作ったりなど、二十以上の工程があるそうです。そして、それらの工程に関《かか》わる人は約四万人いるといわれています。ですから、その辺りを歩いている普通のおじいさんやおばあさん、おじさんやおばさんたちは、実は何らかの職人さんだったりするのです。それを知ったときは、西陣はすごいところだなぁと感心してしまいました。

西陣に越してくる以前は、普通の住宅街に住んでいたのですが、昼間に出かけたり買い物していたりすると、いい大人が昼間からウロウロしている、とよく怪しい目で見られたものです。だから、なるべく週末に出かけたり、買い物も夕方からにしたりと周りの目をとても気にしていました。

でも、西陣では多くの人が職住一体の生活をされていて、昼間でもいい大人がウロウロしているのです。だからぼくが昼間に出かけたりしても、近所の人は普通に挨拶《あいさつ》してくれます。それに、いろんな技術や仕事を持っている人が多いから、イラストの仕事をしていると話しても、過剰に関心を持たれることもありません。初めて大家さんを訪ねたときも、大家さんは持って行ったぼくの絵を見て「面白いことやってはるんやね。頑張ってね」とおっしゃっただけで、収入のことなど聞かれることもなく、あっさりと貸してもらうことができました。そのころ、ほとんど仕事もなかったから、普通の賃貸物件だったら絶対に貸してもらえなかったでしょう。

いまでは西陣の至るところで、町家でお店をしている人や、芸術的な活動をしている人がいますが、「町家ブーム」といわれるほどに広まり定着したのは、西陣という職人の町が、ものを作る人たちに好意的なことが大きな理由ではないかと思います。

ぼくもすっかり、この町の生活に馴染《なじ》み、夏は短パンに首にタオルという姿で昼間でも、家の周りをウロウロしています。

畳からすきま風

京都の夏はとにかく暑いです。だから町家は、夏を少しでも涼しく過ごせるような構造になっています。その最たるものが「通り庭」です。それは、玄関から裏庭まで真っすぐにつながる土間のことですが、そのおかげで、家の中を風が通りやすくなっています。よほど暑い日でない限り、クーラーをつける必要はありません。

風通しがいいぶん、冬はものすごく寒くなります。京都の冬はしんしんと底冷えがする独特の寒さです。以前、北海道に住んでいた人と話したことがあるのですが、気温は確かに北海道のほうが低いが、京都の寒さのほうが体にこたえると言っておられました。それに北海道は京都とは逆に、冬の寒さを基準にして家を建てているので、防寒対策がしっかりしているそうです。

そんなわけで、とにかく冬は寒いので、すべてのふすまやガラス戸を閉め切って生活しているのですが、部屋を移るごとに室温の違いを感じるし、押し入れを開けるとまるで冷蔵庫です。通り庭の寒さなんて、ほとんど戸外と変わりません。すごく寒い日になると、閉め切っていても、畳と畳の間からすきま風が入ってくるので、新聞紙を詰めたりします。

町家に住むようになってあらためて気づいたのは、「夏は暑くて冬は寒いのが当たり前」ということです。それまでぼくは、寒いと暖房をつけて、暑いと冷房を入れて過ごすことが当然のように思っていましたが、それでは心地よさだけを求め、季節の変化を拒絶しているようなものです。ずっと町家で生活している人たちは、夏をいかに涼しく過ごすか、冬をいかに暖かく過ごすか、いろいろ工夫されています。要するに、季節の変化と向き合って生活しているのです。

いまの住宅は、住む人の好みや生活スタイルに合わせて自由に建てることができるので、家は住むための場所でしかない気がします。それに対して町家は、京都の風土に合わせて建ててあるので、京都に〝住まわせてもらっている〟という感覚なのです。ぼくらはまだまだ付き合いが浅いので、住まわせてもらっているというより〝住み方を教えてもらっている〟という感じです。

まだまだ新参者

ぼくが子どものころ、夏の楽しみの一つが地蔵盆でした。地蔵盆とは、夏の終わりの行事で、町内のお地蔵さんにお供えのお飾りをしておまつりし、子どもたちの健やかな成長を願うというものです。そして子どもにとっては、お菓子やかき氷を食べたり、輪投げやスーパーボールすくいをしたり、福引で景品をもらったりするといった、夏のお楽しみ行事なのです。

ぼくの住んでいる町内でも地蔵盆があるのですが、やはりぼくの子どもたちも楽しみなようで、数日前から近所の子どもたちと地蔵盆の話題で盛り上がっています。その様子を見ていると、やっぱりいまの子どもも、ぼくらの子どものころと変わらないんだなぁと、つくづく思います。変わったのは子どもではなくて、子どもを取り巻く環境なんでしょうね。

地蔵盆は、まずお地蔵さんを祀《まつ》ることから始まりますが、その準備の様子が面白いので毎年手伝いに行きます。準備をするのは、たいてい町内の役員さんなのですが、皆さん、子どものころからの付き合いだから、準備もそこそこに雑談で盛り上がるし、準備をしながらも、ぼけたりつっこんだりして楽しんでいます。

でも、その半面、新しく引っ越してきた人には入りにくい雰囲気はあります。実際、そうした人たちはほとんど準備に来《こ》ないし、なかには地蔵盆にも参加しない人もいるそうです。ぼくも越してきて初めての地蔵盆の準備に行ったとき、ごく近所の人しか知らなかったので、町内の人たちから「誰《だれ》?」という感じで見られました。でも大家さんに町内の行事にはとにかく参加したほうがいいよ、と教えてもらっていたので毎年手伝いに行きました。そのおかげで、最近は手伝いに行くと皆さん顔を覚えてくれていて、話し掛けてもらえるようになったし、ぼくも「ここは去年こうでしたよ」とか「ここはこうしましょう」などと言えるようになり、だいぶ馴染んできました。

地蔵盆は子どものための行事と思っていましたが、ここ西陣では大人も一緒に楽しんでいるのです。

西陣に越してきて十年になりますが、それでもまだまだ新参者です。馴染んできたといっても、皆さんの話の輪にとても入れません。でも、ぼくの子どもたちは、ここで生まれ育っているので大人になったとき、同じように近所の友だちと雑談しながら、楽しく地蔵盆の準備をするようになったらいいなぁと思います。

三畳間ギャラリー

無事に新居も見つかりホッとしたのも束《つか》の間、改修されていたとはいえ、壁を塗り替えたり柱や階段を磨いたりと、修理をしないといけないところはたくさんありました。

また、家具や家電を選ぶのも大変でした。なぜなら、町家はいまの家屋とは構造上の規格が異なるからです。畳は京間《きょうま》といって一般の畳より少し大きく、天井や鴨居《かもい》は一般の家より低いので、間取りに合わせると高さが合わないし、高さに合わせると半端なスペースができてしまうのです。そこで、整理棚などの簡単な家具は自分たちで作りました。

式の前日まで家の改修をしていたのですが、それでも結局間に合わず、結婚後もしばらく、二人であちこちを直していました。後から聞いた話ですが、毎日裏庭で木を切ったり、くぎを打ったり、ニスやオイルを塗ったりしていたので、近所の人たちは、この夫婦は何の仕事をしているのだろうと不思議に思ったそうです。

町家での生活が半年ほど過ぎ、落ち着いてきたころ、そろそろギャラリーを開こうということになりました。下見に来たときから決めていた、玄関を入ってすぐの三畳間に自分の絵を飾り、本棚を作って絵本や画集や文庫本なども置くことにしました。そして、家の前に絵を飾るための小さなショーケースも作りました。

ギャラリーの名前は妻が考えました。町家のギャラリーだから、あまり洒落《しゃれ》た名前は似合わないし、広さが三畳しかないから立派な名前を付けると、見に来られた人が驚くかもしれないと悩んでいたら、妻が「広さが三畳だから『三畳間ギャラリー』っていうのはどう?」と言ったのです。それなら三畳の広さだと分かってもらえるし、なんとなく語呂《ごろ》もいいのでそれに決めました。そして、玄関横に「にしむらえいじ　三畳間ギャラリー」と小さな看板を掛け、ギャラリーをオープンしました。

個展や作品展を開いたとき、ギャラリーの宣伝をしたので、そのときのお客さんがたくさん、友だちやお子さんを連れて来られました。何度か新聞や雑誌の取材を受けたこともあったので、それらを見て来られた人もいます。町家の雰囲気が落ち着くようで、皆さんゆっくりとされることが多いです。でも、一番よく来るお客さんは近所の子どもたちです。ギャラリーが子どもたちの〝たまり場〟になってしまったので、お客さんが来られると慌てて片付けないといけないのです。

まるで託児所

わが家はなぜか、結婚当初から近所の子どもたちの〝たまり場〟になっています。

三畳間ギャラリーを開いたとき、表に簡単なショーケースを作り、そこに「三畳間ギャラリー　絵本や詩集なども置いています。お気軽にのぞいていってください」という看板を掛けました。すると、学校帰りの小学一年生の女の子がそれを見て、「家ん中、入っていいの?」と聞いてきました。「きょうからギャラリーをすることにしてん。そやからいつでも来てくれたらいいよ」と答えると、早速、近所の子どもたちを誘って、毎日のように遊びに来るようになったのです。それが〝託児所〟化の始まりでした。

初めは、絵本などをおとなしく読んでいたのですが、そのうち宿題を持って来て友だち同士で勉強したり、雨の日はみんなで絵を描いたり、ままごと遊びなどをするようになってきたのです。「そんなん、自分の家でやったらええやん」と言うと、「うちでは狭いねん」とか「お母さんがうるさいねん」とか、なんだかんだと言っては、やはり上がり込んでくるのです。

あるとき、妻と子どもが出かけ、ぼく一人が二階で仕事をしていたのですが、トイレに行こうと階段を下りると、知らないうちに女の子が一人、本を読んでいたのにはびっくりしました。

またあるとき、朝八時ごろに玄関がガラッと開いて、近所の三歳の女の子がヌイグルミを持って入って来ました。「あれっ、どうしたん？」と聞いても何も答えず、ぼくの膝《ひざ》の上に座ってテレビを見ているのです。しばらくしてお母さんが捜しに来られ、保育所に行くのが嫌で逃げてきたんでしょうね、と笑っておられました。

そんな調子で、近所の子どもたちがどんどん上がり込んでくるから、妻も初めのころはあまり快く思っていなかったのですが、長男が近所の子どもたちと姉弟のように遊ぶ様子を見て、これはこれでありがたいことだと思うようになったようです。

いまでは、ぼくの三人の子どもたちと一緒に居間で遊んだり、テレビを見たりして、わが家のようにくつろいでいるので、来られたお客さんは、みんなぼくの子なのかと勘違いされるほどです。

よく晴れた青空を
ながめていると、
どうしてほっとするのかな。
なんにもなくて
ただ青いだけなのにね。

勇気があるから
やれるんじゃあないんだ。
やろうと決めたときに、
勇気がでてくるんだよ。

しっかり支えて
さえいれば、
強い風の中でも
元気に泳いでいけるんだ。

この水たまりを
跳んでみたいんだ。
だって跳べるかどうか、
試してみたい大きさ
なんだよ。

カラをやぶってでておいで。
中にいれば安心だけど、
ころんだり泣いたりするのも
悪くはないよ。

雨がやむのを待っているから
たいくつなんだ。
雨なら雨の楽しみ方を
見つければいいんだよ。

正直に
自分の気持を話したら、
ちゃんと話をきいてくれたよ。
前よりずっと仲良くなれたよ。

いい願い事が思いつかないから、
みんなの願いが
叶いますようにって、
たんざくに書いたんだ。

第4章

神さまに導かれて

てんかんって、何？

平成十三年十月のことです。その日、早朝四時ごろに仕事を終えたぼくは、床に就こうとした途端、フッと意識がなくなってしまったのです。しばらくして意識が戻ったとき、傍らで妻が泣いている子どもを抱いて不安げな顔をしていました。ぼくはすぐに起きようとしたのですが、全身が痛くて体が動かないし、頭もぼんやりして妻や子どもの名前さえもすぐには思い出せませんでした。後で聞くと、体は硬直し手足をバタバタと痙攣《けいれん》させ、それが五分間ほど続いていたそうです。

そのときは疲労が原因なんだろうと、あまり気にはしていなかったのですが、翌月も遅くまで仕事をして床に就こうとしたら同じことが起きたのです。これは変だと思い脳神経外科の病院で診てもらいました。脳腫瘍《しゅよう》か何か脳の病気ではないかと思ったのですが、医師の診断は、てんかんではないかということでした。

ぼくはそのとき、てんかんという病気のことをよく知らなかったので、「てんかんって、何ですか？」と医師に聞きました。医師は、原因がよく分かっていないこと、薬を飲めば発作《ほっさ》は抑えられることなどを説明してくれました。そして薬を処方してもらい帰宅しました。とりあえず脳腫瘍など脳の病気ではなかったので、入院や手術をしなくていいことに安心し、てんかんと言われたことはそれほど気にしませんでした。

薬さえ飲んでいれば大丈夫と思っていたので、それまでと変わらず遅くまで仕事をしていました。するとまた発作が起きたのです。しかも薬の副作用がだんだん出てきて、頭が痛くなったり、吐き気がしたり、体がだるくなったりしました。薬を飲んでいても発作が起きるし、副作用もしんどいので、病院に行って薬をやめたいと医師に話したら、「てんかんの患者は一生薬を飲み続けないといけない。発作が起きたのならむしろ増やさないといけない」と言われてしまい、一日一錠だったのが二錠になりました。

それからは、バイクはもちろん、自転車も怖くて乗れないし、バスや電車での移動も不安でした。寝る前にはまた発作が起きるのではないかと思うと、毎晩眠れなくなってしまいました。一錠でもしんどい薬を二錠も飲んで大丈夫なのか不安でした。そこで、てんかんに関する本を買っていろいろ調べてみました。すると、てんかん専門の病院があることや「日本てんかん協会」という社団法人があることを知ったのです。

偶然が重なり

日本てんかん協会では相談にも乗ってもらえるようなので、京都支部に行ってみようと住所を調べてみました。するとなんと、家から自転車で五分ぐらいの場所にあったのです。翌日電話をして、早速支部へ伺いました。

支部では事務局長さんに話を聞いてもらいました。その人が初めに、自分もてんかんだと教えてくださったので、安心して話すことができました。発作の不安や、薬の副作用のこと、ほんとうに薬は飲み続けないといけないのか、などを尋ねました。すると、ほとんどの人は薬で発作を抑えることができ、普通に生活しているとか、副作用もそのうち慣れてくるとか、何年も発作が起きないようであれば減薬や投薬を中止することもあるなどと、詳しく教えていただいたので少し安心しました。なにより、初めて同じ病気の患者に会ったことで気持ちがすごく落ち着きました。

いま通っている病院は、てんかん治療の専門ではないので、どこか他の専門病院を紹介してもらえないかと相談すると、京都に「関西てんかんセンター」があるので、そこで詳しく診てもらってはどうかと教えられました。地図で場所を見せてもらうと、それがまた、家からバスで二十分ほどの所にあったのです。

予約をして数日後、検査を受けに行きました。問診と脳波検査をしたのですが、診断結果はやはりてんかんでした。とはいっても、特に脳波に異常は見られなかったし、成人してからの発病はまれだそうです。念のためにＣＴ検査も受けたのですが、異常は見つかりませんでした。

専門の病院で診てもらったことで、気持ちの整理ができました。いつまでも発作を恐れていては何もできないと思い、一人で出かけられるよう頑張っていたのですが、なかなか不安は消えませんでした。

そんなころ、栃木に住んでいる知人が、家族でおぢば（奈良県天理市にある人間創造の元の地点で、天理教信仰の中心地）に参拝した帰り、車でわが家に寄るので一緒に乗って、栃木に泊まりに来《こ》ないかと誘ってくれたのです。その方とは、お道の信仰を通じて知り合ったのですが、時々収穫した野菜などを送ってくれていました。せっかくの誘いでしたが、てんかんを発病した経緯を話し、途中で発作を起こしたら迷惑がかかるからと断ったところ、その方がこう言ったのです。「大丈夫よ、私もてんかんだから」

みんなに支えられ

知人からの電話で「私もてんかんだから」と聞いたとき、鳥肌が立つ思いがしました。そして心配はいらないからと言って熱心に勧めてくれたので、むしろこれは栃木へ行くべきだと思いました。そして電話を切った後、妻にそのことを伝えるとともに、てんかん協会の京都支部や関西てんかんセンターが家のすぐ近くにあったことも、ただの偶然ではなく、目には見えない何か大きな力に誘われているようだと思わずにはおれませんでした。

いまこうして詩やイラストを描いているのもケガをしたことがきっかけです。だから、てんかんを発病したことも、いまは分からないが、これもきっと、何か意味があるはずだと確信したのです。

栃木の知人宅には二泊させてもらい、日光東照宮《にっこうとうしょうぐう》や華厳《けごん》の滝などを案内してもらいました。その間、知人は自分で車も運転していたし、薬も飲んでいましたが、副作用で辛《つら》いという様子もなく、よく話しよく笑い、とにかく元気なのです。それでも子どものときは大変だったとか、普段気をつけていることなどもいろいろ教えてくれました。帰りは新幹線だったのですが、一人で電車に乗っていても、それまでよりずっと発作の不安は減っていました。

家に帰るとぼくは、神さまを祀《まつ》らせてもらおうと思い立ちました。それまでも何度か教会の方に勧められたことがあるのですが、お社《やしろ》は実家でも祀らせていただいているし、妻が未信者だったこともあり、なかなかその気にはなれなかったのです。

そこでまず、妻に相談すると快く承知してくれました。そして、ぼくの実家や妻の実家にも相談しました。ぼくのほうは問題ないのですが、妻のほうには抵抗はないかと少し心配しましたが、義母は神さまを祀ることに賛成してくれました。

みんなから承諾をもらったので、いよいよ大教会にお願いすることにしました。叔父《おじ》さんが大教会に住み込んでいたので、まず事情を叔父さんに話しました。すると、すぐに大教会長さんに会う機会をつくってくれました。大教会長さんは、親神様は拝み祈《き》禱《とう》の神さまではないから、そこは心しておくようにと言われました。

叔父さんは、神さまをお祀りするのに必要なものを揃《そろ》えてくれたり、祀り方やお供えの仕方、日々の心がけなど詳しく教えてくれました。また妻は、神さまを祀るだけでは何か足りない気がするからと、別席を運んでくれました。そのようにして、みんなに支えてもらい、無事に神さまをお祀りさせていただくことができました。

神さまを祀るようになってから、子どもたちがたまに、「神さんってどこにいるん？」とか「神さんにお願いしてみたらええねん」などと言うようになりました。そうやって神さまを身近に感じてくれているのは嬉《うれ》しいことです。神さまを祀らせてもらってよかったなぁと思います。

薬が嫌い

てんかんの薬を飲み始めたころは副作用が辛くて大変でした。頭が痛くなったり、体がだるくなったり、急に眠気が襲ってきたり……。また、食べても味がしなかったり、吐き気がして食欲もなくなり、日ごとに体重も減っていきました。ほかにも、耳鳴りがしたり体がかゆくなったりと、さまざまな副作用がありました。そのせいで集中力がなくなって詩やデザインを考えることができず、とても困りました。

もともとぼくは、薬が大嫌いなのです。風邪をひいても水分を取って温かくして寝るだけですし、胃が痛いときなども食餌療法《しょくじ》や絶食したりして治すようにしています。たまに病気やケガで病院へ行ったときも、少し良くなればすぐに薬をやめています。

子どものころにはよく、甘味のある飲み薬を処方されますが、あの味がまずくて、毎回吐きそうになるのを我慢して飲んでいました。粉薬も口に入れた瞬間に吐きそうになるし、水を飲んでもしばらくの間、口の中に味が残っているのもいやでした。錠剤は喉《のど》が詰まりそうな気がして、いつまでも飲み込めませんでした。母親に早く飲みなさいと言われて、いつも泣きそうになりながら飲んでいたことを覚えています。母親も「あんたは薬を飲んでくれへんから大変やった」とよく言っていました。とにかく薬が苦手でした。

ですから、てんかんの薬を一生飲み続けなければいけないと言われたときは、すごく落ち込みました。てんかんになったのも神さまのお導きなのだと思いましたが、それでも、薬だけはなかなか受け入れることができませんでした。

幸いにも発病から五年経《た》ったとき、発作も落ち着いているから服薬は二日に一回になり、七年以上経ったいまでは、全く飲まずに過ごすことができています。

いま思えば、薬が大嫌いだったからこそ飲み続けたことに意味があったように思います。大嫌いなものを受け入れようとするときの辛さや葛藤《かっとう》は、きっと後々の糧《かて》になるはずです。たかが薬で大げさですけど。

楽しいイラストをみんなに

社団法人「日本てんかん協会」は、会員向けに『波』という月刊の機関誌を発行していますが、ぼくは、その表紙のイラストを平成十六年から描かせてもらっています。

初めててんかん協会の京都支部に相談に行ったとき、仕事は何をしているのと聞かれたので、詩やイラストを描いていますと答えたら、どんなものを描いているのか見せてほしいと言われました。それで、次回伺ったとき、詩集などをお礼として差し上げました。それからしばらくすると、ぼくの詩を京都支部の会報に載せてもいいかという連絡があったので、ぜひ使ってくださいと返事をしました。それからまた何カ月か経って、今度は日本てんかん協会の本部から連絡があり、機関誌の表紙のイラストを描いてもらえないかと相談されたのです。

お話を聞くと、表紙は毎年会員に描いてもらっているそうで、来年はどうしようかと検討していたとき、京都支部の人がぼくを紹介してくれたそうです。試しにイラストを一枚送ると、とても気に入っていただきました。どんなイラストだったかというと、申《さる》年の新年号だったので、ヒツジとサルが挨拶《あいさつ》しているイラストに、「うれしいこと　いやなこと　みんなまとめて　ことしもよろしく」という言葉を書きました。それをそのまま新年号に使っていただき連載が始まったのです。

毎号送られてくる『波』の記事や読者投稿を読むと、てんかんで大変な苦労をされている人がたくさんいることを実感します。

ぼくも発病するまで、てんかんのことはまったく知らなかったし、関心もなかったことを申し訳なく感じました。ですから、少しでも多くの人に関心を持ってもらうため、みんなの目を引くような楽しいイラストを描くよう努めています。

会員向けの月刊誌なので、なかなか表紙の評判を聞く機会はないのですが、協会の人には好評だと言っていただき、一年の約束だったのが二年、三年と延びて、いまでは、ぼくが辞めたいと思うまで続けてもらっていいですよ、と言っていただいています。

どうしておとなは、
今やりたい事より
おとなになってやりたい事を
聞きたがるのかな。

言いたくなるのも
わかるけど、
だまって見ていてほしいんだ。
ひとりでやってみたいんだ。

かなづちは浮かばなくても、
くぎが打てればいいんだよ。
かなづちにはかなづちの個性が
あるんだから。

思い通りに進んでいるのも
気分がいいけど、
思い通りにならない流れを
どう乗り切るかが
おもしろいんだ。

魚だけを見てるから、
岩ばかりだと思うんだ。
よく見れば、
いろんな生き物がいるんだよ。

釣れるかどうかは
わからないけど、
ただこうして待っている
こんな時間も大切だよ。

勝てなくても最後まで
全力でやるんだよ。
勝負には、
かっこいい負け方だって
あるんだから。

おかしの箱だから、
中身もおかしだと思うんだよね。
箱の中って本当は、
開けてみるまで
分からないものなのにね。

第5章

子どもが生まれて

助産院で産む

結婚して二年目に子どもができました。そこで、どこの病院がいいのか、近所の人たちにも相談しました。結果、妻が一番関心を持ったのは助産院でした。子どもは産婦人科のある病院で産むものだと思っていたので、妻の選択に少し驚きましたが、助産院で出産した近所の人の話では、そこでは陣痛促進剤などはなるべく使わず、妊婦さんの状態に合わせ、自然な出産をさせてもらえるということでした。

近所の人に紹介してもらい、早速、助産院へ行きました。その助産師さんは八十歳を超えておられるのですが、とてもそうは見えないチャキチャキした人で、助産師であることに強い誇りと信念をお持ちでした。そして、助産院にも嘱託医がいて定期的に診断してもらえるが、設備がそろっていないので緊急の対応ができないことや、少しでも異常があったときは転院してもらう場合もあるとの説明を受けました。それが不安なら産婦人科に通院したほうがいいとも言われました。でも妻はここで産むと決めていたし、ぼくも妻が信頼して産めるところがいいと思っていたので、お世話になることにしました。

はっきりものを言われる助産師さんで、バスで通っていたら「歩いてこなあかんで」と言われたり、ぼくの母親が付き添って行ったら「通院ぐらい一人でおいで」と言われたり、いろいろ厳しいことを言われました。妻も初めのうちは嫌だったようです。でも、お腹《なか》が張って痛むときはマッサージをしてくれたり、逆子になっていたのをお腹の上から回して元に戻してもらったりと、やはりベテランらしい知識と経験を持っておられることに感心しました。それに何度かお会いしているうちに、赤ちゃんのことをとてもいとおしんでおられる方だというのがよく分かりました。

おかげで、無事長男が生まれたのですが、陣痛のときは背中をさすったり、出産のときも声を掛けたり励ましたりと、細やかな対応をしてくれました。そしてなにより、一生懸命にやっていただいているその姿を見て嬉《うれ》しく思いました。

うちにはいま、三人の男の子がいるのですが、後の二人も同じ助産院でお世話になりました。助産師さんを信頼していたのは当然ですが、妻によれば、入院中の食事がおいしかったのが決め手だったようです。

困っていいのだ

長男が生まれたときは、どうしたらいいのか分からないことだらけでした。いちおう育児書は買っていたのですが、なかなか育児書通りにはいきません。沐浴《もくよく》させようと思っても、長男は嫌がってギャーギャー泣くのです。でも、育児書を読むと、写真に写っている赤ちゃんはとても気持ちよさそうに体を洗ってもらっているのです。だから、ぼくのやり方が悪いのかもしれないとか、こわごわやっているのがいけないのかもしれないとか、いろいろ考えてやってみたのですが、なかなか泣きやんでくれません。それで、育児書には生後一カ月ぐらいまでは、抵抗力が弱いため、大人と同じ湯船に入れることは避けたほうがよいと書いてあったのですが、三日目ぐらいから一緒にお風呂に入ることにしました。そしたらすごく穏やかに入ってくれました。

離乳食を食べさせていたときは、ある日急に食べるのを嫌がるようになったので、どこか調子が悪いのかと思ったのですが、普段は元気にしているのでそうでもなさそうなのです。口に入れたものを嫌そうに出すので、ドロドロしているのが嫌なのかもしれないと思いついて、少しゴロゴロしたものを食べさせてみたら、パクパク食べるようになりました。そのときも、育児書ではまだドロドロしたものを食べさせる時期でした。そんな感じで、ほかにもいろんなことを考えさせられました。

その後、二男と三男が生まれたのですが、長男が赤ちゃんのときとはそれぞれまったく違うので、人は生まれながらに自分の意志をしっかりと持っているんだということを実感しました。ですから、二男・三男のときは育児書通りに成長しなくても、他の子と違っても、この子はこういう子なんだと気にならなくなりました。そして何か困ったことがあっても、その子のことをよく見ていれば、きっと答えが見つかると思えるようになりました。

困ったときに人に相談したり、専門家の意見を参考にするのも大事ですが、親と子が向き合って、共に困って悩んで成長していくことに、子どもを育てる意味があるのです。

いまでは、神さまからその子を任せられているんだから、自分たちの判断を信じて、一生懸命やっていれば、あとは神さまが何とかしてくれるはずだと、調子のいいことを思いながら、子育てを楽しんでいます。

自分で考える

ぼくは子どもに対して、何をするにしても、とにかく自分で考えるようにさせています。

最近では、たとえばテレビや本などで疑問に思ったことを聞いてくると、「何でやと思う？」と逆に質問したり、何かを作っていて、やり方がよく分からないと聞いてきたときも、「説明書をよく読んでみたか？」と尋ねてみます。また、何か新しいことに挑戦するときは、失敗するかもしれないと思っても、一人でやらせてみます。そうやって、すぐに教えてしまわないように心掛けています。それは、何でもまず「自分で考える癖《くせ》」を身に付けさせたいからです。なぜかというと、そうすることで、自分らしい生き方ができると思うのです。

自分らしく生きるというと、難しく聞こえるかもしれませんが、たとえばこの間、子どもたちがお菓子の袋が固くて開けられないと持ってきたので、「自分で開けられるって」とぼくは返しました。「お父ちゃんが開けてくれてもいいやん」と文句を言っていましたが、長男は袋に切り口があるのに気づいてそこから開けました。二男ははさみで切って開けていました。それが自分らしさです。どんな方法で袋を開けるか考えるだけでも、その子の個性が引き出されていくのです。そんな経験を積み重ねることが、自分らしい生き方だと思います。

分からないと思っても、いろんな角度からみれば分かることがあるし、できないと思っても、工夫をすればできることがあります。すぐに教えてしまうと、そのことにも気づかないかもしれません。

自分で考えるというのはしんどくて面倒なことです。それに間違えたり失敗したときは落ち込んだりもします。教えてあげたほうが楽だろうし、うまくできれば子どもも喜びます。それでもぼくは、うまくいくことよりも、自分で考えて自分で答えを見つけたときの喜びを知ってほしいのです。

お道では、人は皆一人ひとりが世の中に必要な道具だと教えられます。簡単にいうと、誰《だれ》もが神さまから与えられた役割があって、それを見つけて生かしきることで、自分もみんなもしあわせになれるのです。でもその答えは自分の内にあって、人から教《おそ》わることはできません。それは、自分らしく生きることで見つかると思っています。

ぼくはケガをしたことで、絵や詩を描く楽しさに気づきました。そしてそれをやることで人さまに喜んでもらっています。それでもまだまだ、自分という道具を生かしきれていないので、子どもと共にこれから見つけていきたいと思います。

大きな器を作るなら、
それを使う大きな台も
いるんだよ。
まずそれを作らないとね。

高く飛ぼうと思うなら、
しっかり助走をしないとね。
ただ飛ぶだけでは
届かないんだよ。

表には見えなくても、
やったことはしっかりと
身になるんだよ。
このイモと同じようにね。

うまく歌おうと
思うより、
みんなが歌いたく
なるように歌おうよ。

そうじはね、
高い所からやるんだよ。
心のそうじも、
まず大人から
やってみようと思うんだ。

こうやって
あったかいコーヒー飲んでたら、
なんとかやれそうな
気がしてきたよ。
つきあってくれてありがとう。

きれいにそうじを
したあとって、
どうして気分がいいのかな。
そうじをすると、
気持ちもきれいになるのかな。

大きな声で呼ばなくたって、
あったかい所に
自然と人は
集まって来るんだよ。

第6章

心にふれて

バリアがなくなった

　右手をケガして入院していたとき、早く退院したい気持ちから頑張ってリハビリをしていたのですが、いざ退院が決まると、社会に復帰すると自分が障害者として見られるのではないかと気にしていました。病院にいれば周りがみんなケガをした人ばかりですが、社会に戻ると自分はみんなと違って、障害者なんだと意識してしまうのです。

　そのためしばらく、手袋をして目立たないようにしていましたが、電車やバスに乗っているときなど、どうしても人の視線を感じてしまうのです。

それがまったく気にならなくなったのは、子どもが生まれたことがきっかけでした。子どもの世話などで気にしていられなくなったこともありますが、一番の理由は、親になったという自信のようなものがそうさせたのだと思います。

それからは、人前でも平気でケガをした右手を出せるようになりました。それまで人の視線が気になっていましたが、ぼくのことを障害者だという目で見ていたのは周りの人たちではなく、実はケガをする前の健常者の自分だったことに気づきました。

背の低い人は高いところのものが取りにくいし、逆に背の高い人は低いところにあるものが見つけにくかったりします。でもそれを身長障害とは誰《だれ》も言いません。それぞれ、何らかの不自由さを持ちながら普通に生活しているのです。

障害者も健常者から見れば不自由であっても、その人にとってはそれが普通なのです。

ケガをしてもしなくても、ぼくはぼくです。ケガをしたからといって、あえて障害者という枠にはめることなどなかったのです。同じ人として、障害者も健常者もないと気づくことこそ、本当の〝心のバリアフリー〟ではないかと思います。少なくとも、そのおかげでぼく自身のバリアはなくなりました。

二枚五十円が一枚百円に

家の近所に知的障害者の小規模授産所があるのですが、ぼくは施設が作る手漉《てす》きのハガキにイラストを提供させてもらっています。

授産所とは障害のある人たちの職場です。授産所によって仕事の内容はいろいろですが、その授産所では箱折りや商品の袋詰めなどをしながら、手漉きハガキや手作り石鹸《せっけん》などのオリジナル商品も作っています。職員さんから話を聞くと、無地のハガキにぼくのイラストを印刷し、それに利用者さんが一枚一枚色を塗っていくとのことでした。

後日、手漉きハガキの工程を見学させてもらったのですが、とても丁寧に色を塗っておられて感心しました。幾らで売るのですかと尋ねると、一枚百円だと言われたのでびっくりしました。牛乳パックの表面のビニールをはがし、手で細かくするところから始めて手作業で色付けしたものが、一枚百円とは安すぎるのではないかと思いました。でも、無地のものは二枚で五十円なので、そこにイラストをつければ一枚百円で売れるし、色を塗るという仕事も増えるからと喜んでおられました。

障害者の授産所や作業所の工賃の安さは、以前から聞いていたのですが、そこまで大変だと知らなかったので、売り上げの幾らかを頂けることになっていたのですが、そのまま寄付することにしました。

以来、十年近くの付き合いになりますが、運営資金を得るための映画会やバザーなどの手伝いをしているうちに、名前だけですが役員をさせてもらうようにもなりました。

授産所ではいつも、利用者の皆さんが職員さんたちと楽しそうに仕事をされています。実際は工賃も少ないし運営も大変なはずなのに、仕事ができること、自分たちが役に立っていることが嬉《うれ》しいのだと思います。

彼らを見ていると、これこそ「働く」姿なんだと感じます。

紙粘土にふれて

平成十四年の年末、天理教少年会本部の『さんさい』編集部から電話がありました。来期から紙粘土の作品で表紙を飾ろうと企画していて、その作品を制作してくれる人を探しているとのことでした。それで、知的障害者の授産所には、粘土で製品を作っている所があるという話をすると、その話に編集部の人も興味を持たれました。ぼくは近所の授産所の職員さんに「なづな学園」という知的障害者の通所施設を紹介してもらいました。

なづな学園では、紙箱組み立てのほか、木工、織物、陶芸、クラフトなどの作業をされていました。そのなかに紙粘土班があり、担当の方に表紙の作品のことを相談すると、自信はないが、とにかくやってみますと言ってくれました。そして、表紙の原画はぼくが描くことになりました。

以来、毎月二、三回、なづな学園へ通い、紙粘土制作の手伝いをさせていただきました。手伝いといっても、出来上がった作品を原画通りに組み、仕上げに顔を描くぐらいです。それでも半日ほどはかかってしまうので、園の皆さんと一緒に食事をさせてもらいました。そのうち、利用者さんたちも話し掛けてくれるようになり、学園に通うのが楽しみになりました。

なづな学園での制作は四年間続きました。担当の職員さんが退職されたので、そこでの経験を生かし、平成二十年の四月号からぼくが制作もさせていただいているのですが、紙粘土にふれていると、なづな学園での楽しくにぎやかな昼食風景を思い出します。

やさしさゆえに

てんかんの発病から半年が過ぎると、発作《ほっさ》の不安もほとんどなくなり、薬の副作用も治まってきたので、徐々に調子は戻ってきました。でも、仕事を増やすとまた発作が起きてしまうかもしれないという不安があったので、仕事はいままで通りにして、週に二日、半日ぐらいのアルバイトをハローワークで探すことにしました。そこで見つけたのが、精神障害者グループホームでの支援員の仕事でした。

そのころぼくは、グループホームがどんなところかまったく知らなかったし、精神障害についての知識もほとんどありませんでした。でも、仕事の内容が「食事作りや話し相手など」と書いてあったので、料理を作るのは好きだし、家からも近いから面接に行ってみようと、わりと軽い気持ちで決めたのです。

面接では所長さんから、本当の面接は入居者と会ってもらうことだと言われました。

精神障害の人たちは、人付き合いが不得手で人間関係に疲れやすく、彼らが安心できる人でないと支援員になるのは難しいとのことです。そこで、面接も兼ねて昼食を作らせてもらい、皆さんと共に食事をすることになりました。その結果、「おとなしくて真面目《まじめ》そうなので大丈夫だろう」という返事をもらいました。入居者の人に後日聞いたのですが、背中いっぱいに汗をかき調理しているぼくの姿を見て、自分たちのために一生懸命にご飯を作ってくれる人だと感じたそうです。「ぼくはただ汗っかきなだけですよ」と話すと、「なんや、そうなんか」とがっかりしつつも笑ってくれました。

グループホームでの仕事を通し、いままでまったく知らなかった世界を入居者の皆さんから教えられました。なかでも一番印象に残っているのが、いつも誰かに尾行されていると言う人とのやり取りです。

尾行しているのは、日によってスパイであったり警察官であったりするのですが、ある日、作業所から帰ってすぐに、部屋に忍者が入ったみたいだと言われました。話を聞くと灰皿が朝とは違うところに置いてあるというのです。「ずっと家にいたけど、忍者は入って来《こ》なかったですよ」とぼくが答えると、その方はこう言われました。「忍者は見つからないように入って来るんです」。

基本的に、こうした話は否定してはいけないと教えられていたので、忍者の存在は肯定したつもりだったのですが、そこまで想像力が及ばなかったので、なるほどその通りだと納得しました。

三年間、支援員をさせてもらったのですが、そこでぼくが感じたことは、精神障害の人は繊細でやさしい人が多いということです。でも、そのやさしさゆえに、社会や人間関係に傷ついてしまうのです。皆さんとのやり取りや、たすけ合って生活されている姿を見て、胸の熱くなることが何度もありました。精神障害の人が生きやすい社会にすれば、本当にやさしい社会になるのではないかと思います。

やりがいを感じる

ぼくはいま、ホームヘルパーの仕事もしています。しているといっても、週に三、四回、一時間から三時間程度です。

きっかけは、精神障害者のグループホームで支援員をしていたとき、入居者の方がホームを出て独り暮らしを始めたことでした。その方は週に二日ほどヘルパーを利用していたのですが、そのころはまだまだ、精神障害者に対する理解が足りないせいか、ヘルパーに対してよく不満を口にされていました。その話を聞いているうちにぼくがヘルパーで入れば、その方の性格や生活習慣も知っているから安心してもらえるのではないかと思いました。その方が、「西村さんが入ってくれたら」と言ってくれたことも後押しになり、資格を取ることに決めたのです。

ヘルパーの講習はとても楽しいものでした。服の着替えやシーツの敷き方など一つひとつのやり方にちゃんとした理由があり、それが利用者のことをよく考えてあるのです。実技で利用者の体験をしたときは、その心地よさに、ヘルパーの体験をしたときは、その無駄のなさに感心しました。

無事にホームヘルパー二級講座を修了し、どこの事業所に登録しようかと考えていたとき、当時『さんさい』の表紙の紙粘土制作でお世話になっていた「なづな学園」の園長さんから、「うちもヘルパーの事業所を始めたので登録しませんか?」と声を掛けていただいたのです。なづな学園には何度か足を運んでいたので、知的障害のある方と関《かか》わることにやりがいを感じました。

いまのヘルパーの仕事は、グループホームを出て独り暮らしをしている方の家事支援と、知的障害のある人のガイドヘルプが主です。ガイドヘルプというのは、一緒に映画を観に行ったり、プールへ行ったり、通院に付き添ったりという仕事です。

精神障害者の人もそうですが、知的障害のある人は、自分の気持ちや考えを言葉にするのが苦手な人が多く、特に自閉症の人になると、ほとんど話し掛けてもらえないので、様子や目線などで気持ちを察するように注意を払います。そうしているうちに、話し掛けてもらえたり、持ち物を預けてもらえたりして、少しずつですが信用してもらっているのを感じたとき、とても嬉しくやりがいを感じます。

「何でも話してくれたらいいよ」

精神障害者のグループホームの支援員を始めて一年ほど経《た》ったころから、入居者の人たちが、他のスタッフにはなかなか話せない悩み事を話してくれるようになりました。

それはそれで嬉しいことなのですが、話を聞いてみると、所長さんやスタッフの人たちにはお世話になっているからと遠慮して、思っていることが言えないらしいのです。悩みのほとんどは「○○さんの作るみそ汁は味が濃い」とか「○○さんは最近あまり話してくれない」といった些細《ささい》なことなのですが、「余計なことを言って怒られたくない」「嫌われたらここに居《い》られない」と気を使っている様子が分かりました。

思っていることをそのまま言えたら、それが一番いいのかもしれないけれど、「言えない」と言っているのを「言ったほうがいい」と助言すると、それがまた新たなプレッシャーになるらしく、話を聞くだけでも楽になるようなので、できるだけ話を聞いてあげようと思いました。

そんなとき、「ピア・カウンセリング」というものを知りました。「ピア」とは仲間とか同僚という意味で、同じ立場の者同士でカウンセリングを行うのです。たとえば、障害者の悩みなら障害者のカウンセラーが相談を受けるのです。ピア・カウンセリングの良い点は、障害者に限らず、病気にしても子育てにしても、同じ立場や経験をした者同士のほうが、気持ちがよく分かるし、相談者も話しやすいということです。

精神障害者と身体障害者では立場は違うけれど、同じ障害者としてもっと力になれるのではないかと思い、大阪で開かれていた二泊三日の「ピア・カウンセラー講座」に申し込みました。参加者はみんな、何らかの障害のある人たちです。

そこではカウンセリングの基本である、受容（ありのままを受け入れること）と、傾聴（話をよく聞くこと）を学ぶために、カウンセラーと相談者の役を参加者が交代でするのです。何度かやっているうちに、入居者のためと思って参加したつもりが、ぼく自身も一人の障害者としてみんなに話せなかったことや遠慮していたことがこんなにあったのだと気づかされました。

初めは思っていることをうまく話せなかったのですが、カウンセラー役の脳性マヒの女の子が「思ったことは何でも話してくれたらいいよ」と言ってくれたとき、その優しい言葉に気持ちがふっと軽くなり、なぜか涙が出そうになりました。

その講座で、人に受け入れてもらえることがどんなに嬉しいことかを実感しました。まだまだ実践はできていませんが、ヘルパーの仕事をするうえで、その経験は大きな支えになっています。

あとがきにかえて

無駄なことはない

ぼくは今年で三十九歳になります。

まだ人生を振り返るような歳《とし》ではないのですが、この本を書かせていただいたことで、これまでの出来事の、その一つひとつにちゃんとした意味があったのだと、いまあらためて気づかされました。

十代のころ、ぼくは自分に全く自信が持てませんでした。勉強は苦手だし、運動神経も鈍いし、気が小さくて怖がりだし、いじめられたこともありました。この先どうやって生きていけばいいのだろう、ちゃんと大人になれるのだろうかと真剣に悩みました。生きていくのがこんなにしんどいのなら、死んだほうがましだとさえ思ったこともありました。いま振り返れば、なんて大げさなと思うのですが、昨今の子どもたちが、受験やいじめに悩み、自殺までしてしまう気持ちはよく分かります。

それでも生きてこれたのは、絵を描くことが好きだったからです。絵を描いていると無心になって楽しめるし、嫌なことも忘れることができました。それに、うまいとほめてくれるから、ぼくにとって絵を描くことは、唯一の拠《よ》り所《どころ》でした。将来は絵描きさんになりたい、それがぼくの夢でした。

右手をケガしてから、諦《あきら》めかけていた絵を左手で描き始めるようになって、うまいとほめてもらうことより、みんなに楽しんでもらうことに喜びを感じるようになりました。そんな思いで描き続けているうちに、子どものときの夢だった絵描きさんになることができました。

ケガをきっかけに書き始めた詩も、たくさんの人たちの励みになっているようで、詩集やハガキを買っていただいた方から、「気持ちが楽になりました」「気楽に生きていこうと思います」といったお手紙をよく頂きます。また、三畳間ギャラリーに来《こ》られたお客さんも、「ホッとします」「また来ます」と言ってくださいます。お客さんは男性も女性も、年輩者も若者も関係なく、いろんな方たちが来られます。お仕事を尋ねると、学校の先生やその関係の仕事をされている方が多いのです。そして、「子どもたちに読ませてあげたい」「学級通信に載せたい」「学校の掲示板に大きくコピーして張りたい」と言って、詩集を買っていかれるのです。そう言ってもらうたびに、あんなに悩んだ十代も無駄ではなかったなぁと思うのです。そして、あのころのぼくのように、悩んでいる子どもたちの励みになってほしいと心から願っています。

人生に無駄なことはないとつくづく思います。ケガをしたり、てんかんを発病したとき、「何か意味があって神さまから見せられているんだ」と思うだけで、気持ちが前向きになりました。

いまでは、先のことをあれこれ心配しなくても、ぼくがしあわせになれるよう、神さまがいろいろと用意してくださっていると信じ、これからも作品を描いていこうと思っています。

にしむら　えいじ
グラフィックデザイナー・イラストレーター・詩人。

1969年、京都市生まれ。87年、京都市立伏見工業高校・デザイン科卒業後、広告デザイン会社に就職。93年、退職。再就職した印刷会社で右手の指を３本切断する大ケガ。入院中に詩と絵を描き始める。96年、グラフィックデザイナーとして独立。同年、京都で初の個展。その後、京都・大阪・奈良などで作品展。98年、結婚を機に京都の町家に住む。99年、自宅の一間をギャラリー（三畳間ギャラリー）として開放。

詩集『しんぱいしないで』(三畳間文庫)。

現在、『人間いきいき通信』(天理時報特別号）にイラストを連載中。

風《かぜ》が吹《ふ》くのを待《ま》つんだよ
――三畳間《さんじょうま》ギャラリーへ、ようこそ

立教171年（2008年）５月１日　初版第１刷発行

著　者　にしむらえいじ

発行所　天理教道友社
〒632-8686　奈良県天理市三島町271
電話　0743(62)5388
振替　00900-7-10367

TENRIKYO DOYUSHA

印刷所　株式会社　天理時報社
〒632-0083　奈良県天理市稲葉町80

ISBN978-4-8073-0528-5
定価はカバーに表示